JEAN DE GOURMONT

SOUVENIRS SUR REMY

Les Amis d'Édouard
N° 70

SOUVENIRS SUR REMY

Tiré à 208 exemplaires hors commerce dont :

8 exemplaires sur papier Madagascar numérotés 1 à 8 ;

8 exemplaires sur papier bleu de France numérotés de
9 à 16 ;

Et 192 exemplaires sur Arches numérotés 17 à 208,
pour les Amis d'Édouard.

Exemplaire Nº

JEAN DE GOURMONT

—

SOUVENIRS SUR REMY

Les Amis d'Édouard
N° 70

SOUVENIRS

A propos des « Lettres à Sixtine ». —
Quelques critiques ont parlé des *Lettres
à Sixtine* comme s'il s'agissait d'un
roman par lettres, composé comme le
Songe d'une Femme. Non, ces lettres sont
de vraies lettres, dont les originaux
portent le timbre et le cachet de la poste.
Pieusement conservées par Sixtine elle-
même, ces pages écrites à la minute

même de l'émotion, forment le roman
vécu que mon frère devait cérébraliser
dans le roman qui porte le titre de *Sixtine*.

Dans ces Lettres, tout est vrai et spon-
tané, et les paysages n'y sont pas des
compositions littéraires, mais des nota-
tions directes du décor qui enveloppait
son exaltation intérieure.

J'avais une dizaine d'années à cette
époque, et je me souviens très bien du
facteur apportant ces lettres quotidiennes
de Sixtine, d'une grande écriture droite et
aristocratique. Remy était alors dans toute
la plénitude de son être et d'une telle
noblesse et beauté de visage qu'on ne pou-
vait pas ne pas en être troublé. Il donnait
aussi l'impression d'une grande force phy-

                    Souvenirs sur Remy

sique et d'une grande puissance de travail. Levé tôt, il travaillait dans sa chambre jusqu'à midi et couvrait de son écriture précise et sans ratures de nombreuses pages de papier. Je le revois dans cette petite chambre du Manoir, au second étage, à l'ombre d'un tilleul centenaire à travers les branches duquel on devinait le long ruban d'une avenue de hêtres en ogives, et dans le lointain l'église du village, l'église de *Simone*. Par une autre fenêtre, le regard tombait sur un jardin aux allées enchevêtrées d'arbres et d'arbustes, une sorte de paradou de lianes et de plantes sauvages qui déferlaient dans les sentiers comme des vagues, et, plus loin, au delà d'une terrasse que surplombaient les palmes pleureuses des

marronniers, un petit bois sacré, dont la
masse de verdure intense se dessinait
comme l'architecture d'une cathédrale
sombre et gigantesque : on y entrait par
une porte taillée dans l'extravagance des
branches. Au fond de ce petit bois
traversé par un ruisseau fragile au fond
duquel les herbes couchées par le courant
semblaient des chevelures soyeuses,
Remy, détournant le lit de ce ruisseau,
s'était, dans l'odorante argile, taillé une
île, où il venait, Robinson volontaire et
momentané, lire, écrire, jardiner aussi. Il
y cultivait les idées, les rêves, les fram-
boisiers aux baies sanglantes, les seringhas
qui sentent l'amour, des fleurs, des
feuilles et des branches. C'est à la lisière
de ce petit bois que Remy s'amusait, le

Souvenirs sur Remy

soir, en compagnie de sa sœur et de ses
jeunes frères, à réveiller, par la lueur
subite d'une allumette, les oiseaux endor-
mis dans les branches : « Un vlouement
d'ailes de corbeau troubla l'air au-dessus
des arbres. » Ce bois était le refuge, le
dortoir somptueux d'une nation de cor-
beaux ; j'entends encore cet envol velouté
qui se soulevait et retombait sur la cime
des arbres dès que l'éclair s'éteignait.

A cette époque encore, à Geffosses,
petite plage à quelques lieues de Cou-
tances, vierge alors de toutes construc-
tions, villas ou cabanes et qui était en
vérité comme le fief de notre famille.
Rien que des dunes, montagnes de sable
d'or, et la mer, aux couleurs changeantes

comme les yeux d'une femme. Là, sautant par-dessus les vagues, Remy se baignait et s'étendait sur le sable, au soleil.

La vie de la mer le passionnait : vêtu de molleton blanc, comme les pêcheurs du pays qu'il accompagnait volontiers dans leurs expéditions, il partait avant le lever du soleil à la pêche des crevettes, des images et des sensations.

C'est sans doute à cette époque, entre *Merlette* et *Sixtine*, qu'il écrivit un roman sur la mer. Ce roman est à jamais perdu. Longtemps après, Remy me raconta qu'il avait jadis porté le manuscrit de ce roman à la rédaction du *Gil Blas*, et qu'il n'en avait jamais entendu parler. Il ajoutait,

avec une indulgente ironie. « Peut-être
a-t-il paru sous un autre nom d'au-
teur ! »

Au moment où il écrivait, sans songer
qu'elles paraîtraient un jour en volume,
ces *Lettres à Sixtine*, Remy était « attaché à
la Bibliothèque Nationale » et cet attache-
ment lui semblait bien le plus terrible des
esclavages. Il devait bientôt s'en libérer,
sans l'avoir ni cherché ni voulu, rien
qu'en écrivant, dans le jeune *Mercure*,
l'article, devenu célèbre, et qui eut une
telle influence sur sa carrière d'homme et
d'écrivain : *Le Joujou patriotisme*.

J'ai gardé un souvenir ému de mon
grand frère de ces temps déjà lointains, et
de ses moindres gestes et de la musique

de sa voix. Je le revois, parlant avec une
précipitation où les mots trop pressés se
heurtaient ; on eût dit que les mots, trop
lents, ne pouvaient suivre le courant de
la pensée. Il hochait la tête par saccades
rythmées pour faire jaillir les mots arrêtés
dans sa gorge par une contraction ner-
veuse. Sa barbe, châtain doré, faisait alors
dans l'air un battement d'aile qui se
déplie. Je l'écoutais parler et je sentais
inconsciemment l'aimant irrésistible qui
m'attirait dans son atmosphère intellec-
tuelle.

Voici le masque de Remy de Gourmont, cette suprême empreinte de son
visage que nous ne verrons plus ni sourire
ni parler.

Ce masque de mon frère, je fus trois ans
avant d'oser le regarder: il demeura
enveloppé dans une soie blanche, pré-
sence silencieuse et troublante, dans
l'armoire où Remy avait lui-même rangé
ses manuscrits, ses livres précieux, des

lettres chères, des souvenirs, épaves de sa
vie.

En octobre 1918 seulement, j'écartai
le voile et m'agenouillai devant l'image
de plâtre. Détail troublant : quelques cils
et quelques poils de la barbe demeuraient
accrochés dans ce plâtre qui gardait l'empreinte du dernier baiser de sa chair.

Je transcris ici quelques fragments de
mon carnet, écrits en septembre 1915, au
moment de sa mort.

Assez gravement malade depuis plus
d'un an et obligé à un régime anémiant,
Remy continuait pourtant sa collaboration au *Mercure* et à la *France* où chaque
jour il écrivait régulièrement sous le titre :
« Les idées du jour », un petit billet d'une

   Souvenirs sur Remy

trentaine de lignes. Le dernier de ces billets sur *la Cathédrale de Reims* devait paraître le jour même de sa mort. Remy attendait une recrudescence de force pour mettre au point cette *Physique des mœurs*, déjà composée dans son cerveau, mais dont il n'a laissé, outre des fragments publiés sous divers titres, dans la *Dépêche de Toulouse*, que quelques notes qui seront recueillies.

A ce moment, septembre 1915, il subissait un traitement énergique, dont son médecin, le professeur L..., et lui-même, espéraient un résultat miraculeux.

Et lui qui, depuis de nombreuses semaines, ne voulait plus sortir de sa bibliothèque, tant il ressentait la fatigue

physique du moindre effort, faisait alors
des rêves de promenades matinales au
Bois pour cueillir des feuilles mortes.
Mais parfois il souriait lui-même de son
exaltation un peu fiévreuse, et avouait
être bien malade pour se raccrocher à de
tels espoirs : « Il vaudrait mieux en
finir ! »

Souvent il évoquait sa jeunesse et son-
geait à écrire ses souvenirs, mais il renonça
à ce projet, comprenant la vanité des confidences.

Le samedi 25 septembre, j'avais dîné
avec G.-L. Tautain, mobilisé à Alençon,
de passage à Paris ce jour-là. Après la
soirée passée dans mon appartement,
lorsque je fus seul, vers 11 h. 1/2, je me

penchai à ma fenêtre et j'aperçus de la
lumière chez Remy. Je pensai qu'il avait
sans doute oublié d'éteindre son électri-
cité ; mais, inquiet, je montai chez lui. Je
le trouvai affaissé dans son fauteuil d'osier
près de sa table de travail. La bougie
qu'il allumait chaque soir pour regagner
sa chambre était devant lui, déjà presque
éteinte. Une demi-heure encore, et il fût
demeuré là, seul, immobilisé dans l'obscu-
rité.

Je voulus lui donner le bras pour l'aider
à se lever, mais il s'affaissa et je dus le
porter sur un divan, à quelques pas de sa
table. Angoissé, j'appelai Mme de C..., à
l'étage au-dessous, et nous le posâmes sur
son lit...

Tandis que je lui tâte le pouls, un
regard, très intense, d'un bleu si intense,
me fixe, m'interroge ; mais je lui fais un
visage souriant qui le rassure : « Ce n'est
rien, lui dis-je : une défaillance... excès de
fatigue... ; il faut se reposer, dormir... »

Il avait passé l'après-midi à lire un livre
de Frédéric Lachèvre sur la poésie liber-
tine au XVIIIe siècle, que je lui avais monté
à midi. Le dernier livre qu'il ait lu.
Nuit d'inquiétude et d'attente ; le
Dr B..., chef de laboratoire du professeur L..., ne pourra venir que demain
matin.
Dimanche 26. À son réveil, je dis à
Remy : « Tu as bien dormi. — Tu crois ?
je ne sais pas. »

Assis sur une chaise devant son lit, je
parcours le *Matin* et je lui annonce
l'offensive de Champagne; il répond :
« Cela coûte très cher, ces choses-là ! »

Le Dr B... arrive, ausculte le malade, Il
n'est pas inquiet ; il prévoyait cette crise,
et le traitement avait justement pour but
de l'atténuer : Ne rien faire, aucun médica-
ment. Il reviendra demain matin... et
verra...

Jusqu'au soir, un peu rassuré par le
médecin, je n'aurai qu'une inquiétude
obscure, inavouée : je songe que Rémy
peut faire ses gestes de chaque jour ; il a
voulu fumer une cigarette, vite éteinte et
abandonnée. Il me dicte une lettre au
Directeur de la *France* pour s'excuser

d'interrompre durant quelques jours sa
collaboration, une lettre aussi à l'*Amazone*,
partie en voyage et qu'il ne devait pas
revoir.

Pourtant, comme je le soulève pour lui
faire boire de la fleur de thé et que je
m'assieds contre son oreiller pour soutenir
son corps défaillant, ses yeux angoissés se
fixent sur les miens, il me demande : « Il
n'y a pas de danger de mort ? » Je n'ou-
blierai jamais l'interrogation de ses
yeux où tout son désir de vivre
était concentré... » Mais non ! lui
répondis-je en souriant et d'un ton un
peu fâché, comme s'il me disait une
chose monstrueuse et absurde. Le ton de
ma voix et l'expression de mon visage

Souvenirs sur Remy

qu'il scruta intensément le rassurèrent, et
il s'assoupit calmement après m'avoir dit
très affectueusement, me remerciant ainsi
des soins que je lui donnais : « Tu aurais
fait un meilleur infirmier qu'un secrétaire
d'Etat-Major ! »

Au moment du déjeuner, Mme de C...
vint me remplacer quelques heures
auprès du malade qui dormait d'une respiration reposée... Je vais faire une courte
visite à une amie souffrante qui me
raconte qu'il y a quelques jours, à une
soirée chez P. M..., Anatole France disait :
« Remy de Gourmont est le plus grand
écrivain français vivant. A nous tous, il
nous est arrivé d'écrire des bêtises. Gourmont, jamais ! » Et encore : « De tout ce

Souvenirs sur Remy

qu'on a écrit durant cette guerre, il n'y a
qu'une chose vraiment belle : le petit
article de Remy de Gourmont sur les
Fourmis. » Paroles que je ne pourrai pas
lui redire.

Je le retrouve calme, mais la respiration
précipitée : je lui parle ; il me répond par
monosyllabes. La nuit tombe ; je reste
seul avec lui ; je ne sais pas encore que ce
sera sa dernière nuit, ici, chez lui, et que
je n'entendrai plus sa voix. J'interroge
son sommeil avec angoisse ; la nuit est
interminable.

Lundi 27 septembre. Le médecin ne
revient pas. Inquiet de voir la respiration
se précipiter, je cours voir L... à l'Hôpital
Buffon et lui explique l'état du malade :

« Il fait de l'hémiplégie, me dit-il brus-
quement : qu'on me l'amène vite à Bouci-
caut !... »

Aucun des médecins-majors où aides-
majors ne peut se déranger, car un général
doit venir inspecter les services et on ne
songe qu'à faire balayer les cours et frotter
les cuivres !

Impossible par téléphone d'obtenir
immédiatement une voiture d'ambulance.
J'en suis réduit à réquisitionner deux auxi-
liaires qui rentrent chez eux déjeuner : il
est midi. Ces deux jeunes soldats prennent
Remy dans son lit, et le descendent sur
une chaise : déjà il n'a plus de connaissance et j'ai l'impression déchirante que
c'est fini, que c'est inutile ; mais si un

miracle était possible ! je ne veux pas
avoir à me reprocher de ne lui avoir pas
fait donner tous les soins possibles. C'est
moi qui ressens pour lui le déchirement
de l'adieu à ce petit appartement tout
imprégné de sa vie et de sa pensée.

Un taxi attend dans la cour. Oh ! ce
voyage où je le tiens contre moi, sa tête
défaillante lourde sur mon épaule.

C'est moi maintenant qui interroge les
yeux des sœurs et des infirmières : je
comprends que c'est la fin. Ni la saignée,
ni les ventouses, suprêmes tentatives,
ne réveilleront la vie qui s'endort ; et
c'est un moribond que je veillerai jusqu'au soir ; ses yeux qui ne voient plus,
sans doute, semblent me regarder inten-

          Souvenirs sur Remy

sément, dans ce rythme si tragiquement
beau de l'agonie. J'emplis mon cœur et
mes yeux de son image : je sens que déjà
il ne souffre plus. Le rythme de sa respiration diminue et s'arrête.

Je baise son front sur le signe de la
gloire : je le regarde une dernière fois,
inoubliablement, et je ferme ses yeux. Il
est huit heures.

L'après-midi, tandis que j'étais seul
près de Remy, un aumônier entra dans la
petite chambre : « Vous voyez bien,
Monsieur l'Abbé, lui dis-je, qu'il n'a plus
aucune connaissance. — C'est vrai, répon-
dit-il : courage ! » Et il partit, esquissant
un geste de bénédiction !

... 10 heures... Me voici dans la nuit à la

recherche d'un mouleur, qui viendra
demain matin prendre l'empreinte de sa
main et de son visage.

Mardi 28 septembre. On nous conduit
dans une chambre près de l'amphithéâtre.
Remy est là, nu comme un Christ qu'on a
descendu de la croix !

UNE ÉVOCATION

Devant la variété et la complexité de son érudition, on a souvent, trop souvent même, énoncé, à propos de mon frère Rémy, ce Sésame qui semble ouvrir la porte du mystère : « C'était un bénédictin de lettres ». Un bénédictin, un camaldule plutôt, mais un camaldule voluptueux qui ne sacrifia jamais sa vie ni à la vanité de l'art ni à l'idée religieuse de l'immorta-

lité d'une œuvre. Il écrivit parce qu'écrire
était pour lui la plus grande sensualité,
d'une plénitude et d'une subtilité supé-
rieure aux épanchements directement
sexuels, aussi un prolongement de ces jeux
et leur intellectualisation. Il écrivit parce
qu'écrire est une méthode de psycho-ana-
lyse perpétuelle, une méthode et un méca-
nisme de connaissance et d'agrandisse-
ment de soi-même. Encore, parce qu'il
aimait les mots pour eux-mêmes, pour
leur musicalité sensuelle, et que les mots
sont nos seuls engins pour la pêche aux
idées. Mais si le mot « bénédictin de lettres »
veut signifier une vie purement transpo-
sée en images verbales et scripturales,
cueillies en de vieux herbiers déjà classés
dans les rayons des bibliothèques, en

               Une Évocation

vérité, il ne fut pas bénédictin. S'il avait
quelquefois rêvé cérébralement — les idées
ne sont pas faites pour être vécues — d'un
ordre libre qui eût emprunté aux camal-
dules leur sens esthétique de l'étude et du
silence, leur sens voluptueux de la vie à
l'abri de l'anarchie bruyante et vaine du
monde, c'est qu'il y imaginait une culture
plus intense de la sensualité et des idées
qui en jaillissent, une culture plus intelli-
gente de l'intelligence, et aussi de la liberté.
La liberté, ce n'est peut-être qu'une cana-
lisation de nos instincts, une domestica-
tion de nos impulsions, une maîtrise de
nous-même.

C'est cette maîtrise de soi-même qui lui
permettait de régenter son inspiration et
de provoquer à heure fixe, les confidences

du subconscient : d'un baiser ardent et silencieux il savait ouvrir les lèvres mouillées du subconscient qui lui déversait amoureusement le secret de ses images et de ses idées englouties. Je reverrai toujours Remy à l'époque où il écrivait sa *Physique de l'Amour*. Son livre était déjà composé dans son cerveau : il n'y avait plus qu'à l'écrire. Alors, sans une rature, de sa petite écriture aristocratique, il écrit et trouve le mot juste qui exprime avec une précision presque physiologique la musique d'un sourire ou d'une ironie, l'intonation exacte d'une parole... Il est là, dans son cabinet de travail, vêtu de sa robe de bure de camaldule, une calotte épiscopale sur sa tête dont le front vaste réfracte un rayon de lumière. Ses yeux

     Une Évocation

gris et bleus où brillent comme des pail-
lettes d'or s'illuminent d'un songe mysté-
rieux. Devant lui, le tas amassé des feuilles manuscrites, à la chair ferme, à la pensée serrée comme le grain d'une grenade.
La large table, lourde de livres et de
papiers sur laquelle il s'appuie et qui est
comme un prolongement des cases de son
cerveau, fut naguère l'établi du sculpteur
Clésinger. Ce fut peut-être sur cette table
que Clésinger modela sa *Femme Piquée*, et
je songe que peut-être aussi l'émouvante
callipygie de Mme Sabatier se posa sur ce
bureau où Remy écrivit sa *Physique de
l'Amour* et où moi-même en ce moment je
note ces souvenirs.

Vers cinq heures, après avoir écrit un
chapitre de son livre, Remy partait à la

chasse aux livres et à la chasse au bonheur. Idées et sensations, en vérité, se confondaient en lui et se faisaient art dans sa vie et dans son œuvre. Et c'est ce qui caractérise cette œuvre, cette cérébralisation perpétuelle de la vie. « *Sixtine* » est un modèle de cette transsubstantiation, mais les *Lettres à Sixtine*, qui sont pour ainsi dire la vie directe, l'argile même dont le roman fut composé, sont déjà une cérébralisation du sentiment à la minute même de l'émotion. La goutte brûlante du sentiment se fige et se cristallise subitement en art, et selon le style même de l'artiste. On pourrait évoquer encore *Les Chevaux de Diomède*, où la vie et le songe se confondent si indissolublement dans l'œuvre qu'on ne saurait les dissocier, le *Songe*

   Une Évocation

d'une Femme, dont le titre même est un symbole de transposition et de perpétuel bovarysme, symbole de cet idéalisme philosophique, cette forteresse inexpugnable où il enferma sa pensée et sa sagesse. S'enfermer : à l'abri de la gloire, cette déformation de nous, à l'abri des consolations religieuses et métaphysiques, à l'abri des vérités que l'on trouve toujours quand on les cherche. Remy de Gourmont était riche d'idées et il en avait de rechange sur tous les sujets. Il savait que ce que nous écrivons, dans nos moments de plus grande sincérité, n'est que « pas sur le sable », sur le sable mouvant d'un perpétuel devenir.

Est-elle consolante, ou effrayante (cela dépend de la santé de l'individu), cette

pensée qui est notre unique certitude,
que notre conscience, seule réalité du
monde, s'éteint avec nous, comme une
chandelle que l'on souffle avant de s'en-
dormir, avant de mourir. C'est contre cette
réalité que les religions et les philosophies
spiritualistes ont depuis toujours lancé
leurs catapultes et leurs feux grégeois.
Sans doute parce que la négation de cette
réalité était une nécessité organique. Nous
intellectualisons l'idée d'éternité comme
les moutons se couvrent de laine.

Un jour que j'évoquais devant Remy la
possibilité d'un incendie en sa cité des
livres, il me répondit qu'en vérité il préfé-
rerait mourir que de voir disparaître ses
papiers et ses archives. Transposition de
l'instinct de génération, peut-être ; mais

surtout il y a là une merveilleuse mise au
point humaine de l'idée d'éternité ou plutôt de pérennité. Cette réalisation de soi-
même qu'est une œuvre qui durera plus
longtemps que nous, c'est la négation
même de la croyance religieuse en une
éternité individuelle.

Mais même de cette foi en la survie
d'une œuvre tombée comme un fruit mûr
(avec sa chair et ses graines fructifiantes),
de la cime de l'arbre, il faut que le philo-
sophe se dépouille pour aboutir à la
suprême délivrance et à la suprême sagesse.
Et j'en trouverais peut-être l'expression
dans cette pensée des derniers mois :

« Une vie de grandes satisfactions passionnelles, même traversée de luttes et de
difficultés, vaut mieux qu'une existence

sacrifiée à la poursuite d'une fortune qui
arrive trop tard, quand le ressort vital
est brisé, quand l'homme solitaire n'est
plus qu'une somptueuse horloge qui mar-
que des heures inutiles. »

Vivre une vie de grandes satisfactions
passionnelles... c'est vivre esthétiquement
pour soi-même, sans cette vaine et encore
religieuse tentative de se réfracter en des
œuvres qui nous survivront. C'est, en
vérité, faire de sa vie l'œuvre d'art qui se
suffit à elle-même et qui est, peut-être, la
plus réelle des réalisations.

     Une Évocation

D N° 66, *Clémence Isaure ou la Poésie*, par Henry
BORDEAUX.

C N° 67. *La Princesse (1907-1921)*, par Charles
DERENNES.

H N° 68. *Visite aux Canadiens Français*, par François
PORCHÉ.

A N° 69. *Deux ans à Oxford ?* par Jean FAYARD.

IMPRIMERIE

F. PAILLART

ABBEVILLE

—

Septembre 1924